銀河一族

小佐野彈

短歌研究社

銀河一族＊目次

銀河一族

もや、もや

昭和天皇崩御

すめらみことは逝きたまひけり「にほんいちえらいひと」らしすめらみことは

自粛とふことばの重さだけ耳に残つてあしたおやすみだつて

テレビは刻々と変はるご容態を報じ続けてゐた気がする。

けんと君に会へない朝を憎みつつ五歳は黒い画面を見つむ

あのころの僕にはすごく遠かつたすめらみことの死も初恋も

けんと君が好きと言へない春が来てちひさき窓に降る小糠雨

平成が始まつて間もなく、両親は別居した。

家族とふ長き真昼を終はらせて花降るなかを父は去りゆく

長渕の「とんぼ」ギターで弾き語るひと去りてわが昭和の終はり

父のなき日々はあかるく始まりぬ忘却といふ術を覚えて

純白のグルのマーチの鳴り渡り冬の広尾が微熱を帯びる

小学校のあつた渋谷区は、麻原彰晃の選挙区だつた。

幻想でありしかあれは無味無臭なれど異臭と呼ばれしサリン

あの日は卒業式で登校時間が遅かつたから、いつもより遅く家を出た。
そのおかげで難を逃れた。

子供らは「ギリでセーフ!」と笑ひ合ふそれがなにかを知らざるままに

巣立ちたる君をことほぐ愛唱歌漂ふ春だ（あれはサリンだ）

阪神・淡路大震災

少年の君の影まで飲み込んで朝の神戸が燃えてゐたりき

こころまで冷えたる冬の教室のテレビに遠き長田区燃える

そのころ僕は第二次性徴を迎へつつあつた。

精通は罪でありしよ　桃色の脳に溶《なづき》けてゐたけんと君

むらさきの性の芽生えはひつそりと僕から夏を奪つてゆきぬ

これからは毎日が冬　胸底に咲かない薔薇を育てて生きろ

メデューサのやうにはだかり女教師《せんせい》は咎めき僕の性のゆらぎを

平成九年五月、俵万智『チョコレート革命』発刊。

チョコレート色の歌集に救はれたことをだれかに告げたき皐月

つまびらかにされずともよいもやもやが鞄のなかでふくらんでゆく

堂々と生きていけつて簡単に兄は言ひたり言ひてくれたり

ひきだしの小瓶のなかに増えてゆく丸くて苦いくすりがけふも

一九九九年、七の月

七の月なれど僕らは虹色の翅で越えるさ二十世紀を

アメリカ同時多発テロ

ゐづきつつ見上げる空の青さまで怖い、と在米邦人の友

平成二十年、台湾へ完全に居を移した。

ネフローゼ気味の祖国を嫌ひにもなれず好きにもなれずたゆたふ

東日本大震災

呑まれたる海岸線の灰色を異国の部屋にひとり視てをり

在台日本人の友人には、被災地出身者も多い。

二千キロ彼方の悲劇なれどまだ彼のふるさとなのです　そこは

平成二十四年、宮中歌会始「岸」――后宮の御歌

岸に立つひとを思ひて岸に立ちたまへるひとのまなこかなしき

お気持ち表明

八月のすめらみことの御言葉が九月の波のごとくに響く

執行

平成の終はりにグルはうやむやの白き煙となりて消ゑるつ

あめつちに白きもやもやたなびかせながら揺蕩ふだらう　日本は

銀河一族

金色の渦

金色の渦のさなかに暮らしをり　小佐野家、または銀河一族

＊

マーブルの光まばゆき煉獄にたつたひとりのをみな、わが母

折れさうな氷柱を胸に突き立てて螺旋階段降りてくるなり

撫でられてますます曇るむなしさを映すでもなく金の手すりは

その肉の脆き部分を隠すため耳朶にあかあかシャネルは燃える

かたちよき頭蓋の奥に眠るらむ　遠き離別の記憶も夫《つま》も

嫌はれてゆくこともまた必然として凜々と母老いゆけり

憎しみの種　愛の種　それぞれの胸に芽吹けば涼しき五月

外さるることなき枷を引きずつてふたり見上ぐる鬼子母神像

非難とも美辞ともつかぬ鈍角の言葉投げつけ出かけてゆきぬ

＊

夏近き夜の湿度のくるしさよ　ひとりでゐてもうるさきわが家

塩をまきながら逃ぐれどふるさとが母のやうなる顔もて迫る

銀の匙嘗めつつ生まれ出たるをとうに忘れてわれは鬼の子

遠浅の海のごとくにふかふかと赤い絨毯果てしなくあり

硝子とて武器となりうる家だからバカラは棚で眠らせておく

非晶質《アモルファス》したたる壁に頰つけて父の帰りを待ちてゐたりき

ひとり寝の夜半雨だれを数ふればぐうらりぐらり揺れる照明

期待などしない　されない　僕はまだ調子はづれのピアノでゐたい

気遣へば気遣ふほどに遠くなるものゆゑまぶし　世間といふは

マイセンの白まろやかな食卓をこの世ならざる場所として、いま

＊

ぎごくぎごく　濁音ばかりはびこれる居間で笑つてゐた幼年期

ロッキード・佐川急便・リクルート　星のごとくにめぐりゆきしも

名刺一葉のみを納めて重さうに運び出されてゆく段ボール

アイボリー色の令状畳まれてつましく家宅捜索終はる

わが部屋の箪笥下段も開けられき　「Badi」「薔薇族」たぶん見られた

黒幕の失せて久しき日本のいづこかにあるわれらの居場所

悪名が忘れ去られてゆくことのやさしかりけり昭和の日本

過ぎ去ればすべては喜劇　薄笑ひうかべた父の遺影を伏せる

病葉のごとき勲記のまんなかになほも重たくある御名御璽

もうなにが起きても平気　少しづつ、だけどたしかに解れゆく家

糸を吐く口

ザルツブルク

身悶えの果てに緋色の糸を吐き出して妖しきははそはのひと

この母にしてこの子ありわが胸の奥にもあらむ　糸の泉が

命がけで吐かれたるゆゑてらてらと狂ほしいほどあかく光りぬ

毒針を隠しもせずにルブタンへ素足差し入れつつまた吐けり

かつてわがからだを産みしやはらかなからだが糸にくるまれてゆく

エスカダのドレスまぶしい　幾千の小《ち》さき命を使ひ果たして

粘液を秘めたる胸を日にさらしながら歩める母なまめかし

断崖に見下ろしをれば母体にも似て染まりゆく街なまめかし

野口あや子が来る。

恋人になりえぬひとの訪ひを告ぐればそれる母のくびすぢ

二回目の外国です、と呟いて野口あや子が檸檬を絞る

戸惑ひを分け合ふやうに目を伏せてふたりは同じカツレツを食む

いつまでも盛り上がらない食卓の苦しいほどに真白きクロス

をみなふたり諍ふことの不条理と条理それぞれ空を燃やせり

カツレツに檸檬だらだら垂らすごと終はりなきものならむ　親子は

十二年前にはじめて来たときと同じ夕焼け　同じ灰色

嫌ひ、って言へないままに流れ来ていつかは消える背中見てゐる

うごかざる少女　マヌカン　うごかざる瞳のままに崖を見上げる

水声の響く古道をこつこつとただかろやかに往くだけの夜

塩のごと削られながら冷えてゆくことだ　大人になるってことは

ミラベル庭園

均一に苅られ棘まではらはれてなほも清しく薔薇は咲きをり

異性愛などこの世にはない、と言ふごとくに楡は楡と寄り添ふ

道ならぬ恋のことなど語りつつ歌詠みふたりゆく石畳

Tinder

〈好き・嫌ひ〉右へ左へ選り分けてゆけばいつかは出会へるだらう

「狂気とて愛」さもあらば僕たちは小鳥を潰しながら抱きあふ

喰ふための口、黒歴史語るべく開かれる口、糸を吐く口

毒林檎さくりと嚙みてのち苦き汁／甘き汁舌もて分かつ

眠たげな白き裸婦像ながめつつ妻もつひとにメールを打ちぬ

"Tristan und Isolde" Bayreuther Festspiele 2019

イゾルデになれぬこの身を憐れんでくれるだらうか　妻のとなりで

奥様は元気ですかと打つときの卑しいほどに熱い指先

帰国後はしばしひとりで過ごしたい　糸吐くひとのもとをはなれて

告白は蜜

嘘つきは父のはじまり「すぐ会へる、すぐ会ひに来る」春に去りしも

父が出て行き、わが家は五人家族になつた。

銅色のベンツもろとも消えゆきぬ　五人家族の初夜は霧雨

どこまでがまことなりしかハーバード、　マサチューセッツ、　横文字の賞

姿見に向かへば日ごと父に似て三十路の僕はアンバランスだ

蠟人形みたいだつた、　と遠い目のははそはの母　呟いてゐる

あれもまた嘘かもしれず枕辺に語り聞かせてくれゐし神話

サンタモニカの空の碧さを語るとき父の瞳に空はなかりき

「あのひとにそつくりね」つて吾《あ》を叱る母のなづきに父、よみがへる

冷笑を浮かべる口の角度まで似てゐるらしい祖母《おほはは》いはく

父が所有してゐたヨットの名前は「Utopia」

楽園と名付けられたる方舟がまるで木の葉のやうなマリーナ

精通を告ぐるべきひとのあらざれば穏やかならむわれの思春期

（ウスターソースとタバスコが好き）海馬にはどうでもいいことばかり残つて

悪人とはいへないい変なひとでした　むしろ悪人ならばよかつた

珪藻は水に沈んでゆきやがて僕のなづきで土へと変はる

脳に蔦絡ませるごとぬめぬめと時折思ひ出しては泣いた

残暑とふ言葉知らざるをさな児の胸に微かな熱が宿るよ

再婚の報せは週刊新潮で（いや文春だつけ？）知りき　遠いな

「堀池彈だったんですよ、小学校四年生まで」告白は蜜

口にしてみればはつかな悦楽の響きを持てり　死語「母子家庭」

梅雨明けの土曜午後二時「本日のコメンテーターはお父さまです」

スキャンダルだらけの家にスキャンダルだらけの父がゐた夢の日々

行つたはずのない外つ国の思ひ出をするする語る声懐かしい

どの嘘もやさしい声で語られてゆけばほころぶさくらのやうに

針千本万本呑んで三人のをみな娶りて雄々しき一生《ひとよ》

おほかたは月をもめでじ　結局は父となれざる父を悲しめ

幾星霜嘘を紡ぎて来たるゆるゑ黒々光る額《ぬか》うつくしき

異母弟《おとうと》は弱冠二十歳　知らざりし兄とまみえて殯《もがり》にはしやぐ

「ずつとずつと一人つ子だと思つてた！」大腿骨をふたりで拾ふ

喪の明けに兄弟三人《みたり》集まりて食めばなまなましい腿の肉

ひな鳥は焼かれつましい塊となってわびしい　親子なるもの

政商の人生

諦念を振り払ひつつらんらんと野を駆けてゆけ　賢治少年

大正六年、山梨・勝沼にうまれた。

貧しさは果てなきものかどこまでもひろがる葡萄畑のやうに

とにかく貧しかつた。

家には便所はおろか、扉もなかった。

貧しさを憎め！　裏切れ！　打ち毀せ！　十五の胸に沸き立つ煮え湯

成績は良かったが、貧しさゆゑ進学は叶はなかった。

進学は夢のまた夢　耕してまた耕して暮れてゆく日々

学歴は、尋常小学校卒。

算数も国語もできた。運動は一等できた。――でも遠い夢

僕の祖父がうまれてまもなく、賢治は上京した。

弟の生《あ》れて姉弟七人となりて近づく上京の朝

青年期から髪は薄かったらしい。

後ろ髪生えざる頭撫でながら帝都に向かふ汽車にゆられる

行李は、小さな風呂敷包みと十円札一枚。

いつか咲くものと信じて左手の十円札を強く握つた

僕が小さなころ、頭を撫でてくれた。逞しい手だった。

傷ひとつふたつと増えてなほ熱し　いづれ土中に沈む手なれど

見渡せばどこも石柱ばかりなり　鬼ヶ島だな　帝都といふは

本郷の自動車修理工場で奉公をはじめる。

学問の街、本郷に寡黙なる油まみれの少年ひとり学問を諦めた伯父の目に、帝大生はどう映ったのだらう。

哲学を愛でる者らの行き交へる街でひたすらナットを絞る

血を吐くほど働いたさうだ。

青春とはすなはち労苦　働けばきつとはつかな光も射さむ

学のない奴と言はれたくらゐでは転びはしない（もう、帰れない）

経済の渦に巻かれてゆくこともまた面白し　木枯らしのころ

ヘビースモーカーだつた。

むせ返るほどの苦みのやさしさよ　はじめて喫ひし「敷島」の味

働きに働いて、つひに支店ひとつを任される立場となつた。

仕送りの額増えるごと姉からの手紙も増える　勤労は美《は》し

運命は実に滑稽　出世した矢先ひらりと赤紙が来る

当時、徴兵検査は本籍地で行はれた。

一生に一度のことと一張羅纏ひて一路故郷へ向かふ

自動車で検査会場に乗り付けて人々を驚かせた。

「自動車で徴兵検査に来たずらあ！　しかも随分立派な服で！」

あっさりと甲種合格判定となりて戦慄《わなな》く左の拳

二等兵として中国に出征。

二等兵・小佐野は進む　まづ北京、そして漢口　砂塵の中を

胸元に突きつけられし銃剣の刃に映るふるさとの山

漢口でマラリアに罹患し、内地送還となる。

高熱に溶ける視界の隅つこに見ゆる花びら　桃の花びら

この頃、完全に禿げ上がつてしまつたらしい。

マラリアに頭髪までも奪はれて嗚呼情けない内地送還

アメリカを叩け！　潰せ！　と狂乱に満ちて帝都はなんて平穏

東京に戻ってまもなく、賢治は起業した。

開戦の前夜一国一城の主となれり　ここは鬼ヶ島

軍需省相手に稼ぐ　鉄・石油・ゴム・石炭を次々集め

東條内閣で運輸通信大臣を務めた五島慶太との出会ひはこの頃だつた。

政商といつか呼ばるる青年の前に強盗慶太あらはる

軍需省との取引や五島とのパイプのおかげで、二等兵は佐官待遇になつた。

二等兵・小佐野もいまや高等官佐官待遇　故郷は遠い

五島慶太の紹介で将来の「刎頸の友」と出会ふ。

それぞれの瞳にうつる甲斐の山、越後の山こそ山と信ずれ

たちまちの邂逅のはてはらからとなりてかさねる慾望と夢

砂の丘かけのぼりゆく阿と吽の背中に黒き汗光りたり

進駐軍相手に車や部品を売りまくつた。

戦争が終はれば敵は友となる。否、客となる。……いらつしやいませ！

旧藩主家の伯爵令嬢を娶る。

瀬戸物のごときため息吐きながら笑ふ従五位伯爵令嬢

新婚当初から、気が合はなかつた。

寝息まで折目正しく楚々としてまるで白磁のやうな新妻

氷点下五度の瞳のしづけさにしばし見とれてのち頬を打つ

撫づれども打てども白くすべらかな痛みが右の掌に残るのみ

砂の上に砂もて城を築くことなのだ　家柄を買ふとふことは

世はなべて砂であるから本拠地は四面四角き楼閣がよし

砂防会館、旧本館

数は力なれば力は購へる（砂金、あるいは雲雀の羽根で）

田中は大蔵大臣になった。

打ち寄せるたびするどさを増してゆく波濤の白はかりそめの白

ハワイや米本土のホテルを買ひ漁る。
次々と手中に収む　日本を！　世界を！　そしてあらゆる砂を！

望楼は日に日に高くなり妻は日に日に白くなりゆくばかり

角福戦争。中曽根派が鍵だつた。

初夏の風に吹かれて飄々と平河町に舞ふ風見鶏

風向きが変はるまで撒く　けふも撒く　明日もまた撒く　所詮は砂だ

武者震ひやまざる腕を抑へつつ受話器に「ほうけ、勝つたけ」と言へり

頂に立ちて見下ろすジパングは黄金もとい砂の帝国

落花生麻袋詰三匁《ロッキード疑獄》しめて三億適正価格

三つ星のジェット《トライスター》エンジンきらきらと砂金巻き上げつつ飛び立ちぬ

「その件に関しては、記憶がありません」
ほんたうに憶えてゐない　鍬握る土にまみれた両手のほかは

（嘘つきはおまへらだらう）飴色の壁まがなしき委員会室

三人の弟のうち二人が立て続けに逝った。
逆縁は天罰なるか　弟は先に逝きたり二人つづけて

議院証言法違反で懲役一年。

判決は実刑　妻が「あら、さう」とつぶやきてぶくぶく花豆を煮てゐる

田中は脳梗塞に倒れ、砂防会館内の越山会東京事務所は閉鎖された。

看板は砂塵のなかへ消えてゆき四面四角きビルは残れり

愛飲酒は「オールド・パー」

パー翁の眼球千個一斉にしばたける夜の果てなき孤独

ほんたうは膵癌だつた。

告げられし病名に濁音のなく耳触りよきひびき〈すいえん〉

子供は持たなかつた。

孫の手を引きて見舞へる末弟《おとうと》の無邪気を憎みたくはなけれど

晩秋の西日を受けてなほ白き頬を打ちたし　病身憎し

渦巻ける砂塵のなかに薄らいでまもなく消えてゆく甲斐の山

昭和六十一年十月、死去。六十九歳。

末弟

放蕩の限り尽くしてゐるうちに兄の背中が見えなくなつた

妻は嘆き、悲しみ、やがて火のごとく怒り狂ひて包丁が出る

僕の祖父は相当遊び人だったらしい。

あの娘にはダッヂ一台、　あの娘には家を一軒。　臨月の妻に白状しつつ謝る

昭和二十九年の暮れ、　母が生まれた。

まるまると気の強さうな娘《こ》は生《あ》れてたちまち泣いた　俺の子なのだ

母が生まれたのは十二月二十五日。

昔むかしナザレなるさびしき村に生れたる御子も泣いただらうか

娘《こ》を連れてつひに故郷へ帰りたる妻に慣れない手紙を書けり

父親となつても放蕩はしばらく続いたとか。

兄貴には勘当された。妻は娘《こ》と出て行つた――　もう潮時だなあ

長兄・小佐野賢治に勘当された。

妻宛の手紙ばかりが増えてゆく〈千砂ちやんはどうしてゐるでせう〉

茨城の実家に帰つた妻宛に手紙を送るかたはら、事業を起こした。

ときは高度成長期。事業は成功した。妻と娘を呼び戻す。

柄にもなく妻子のために働きて妻子のゐない家へと帰る

大阪万博

六年と経たずアベべの名を忘れ民は群がる月の小石に

勘当が解けて、兄・賢治から呼び戻される。

唐突に電話は鳴りて唐突に「帰つて来い」と兄は言ひたり

江戸川をぎいこぎいこと渡りゆく舟は見納め　矢切の渡し

当時妻娘と住んでゐたのは江戸川沿ひの古いアパートだつた。

住み慣れし町を去る朝なにひとつ感傷のなくただ去りしのみ

賢治に命じられた職位は、北海道・東北地区の責任者。

小岩から札幌・宮の森までは六〇〇キロの隷従の道

小岩のボロアパート暮らしから、母は突如「お嬢様」と呼ばれる暮らしに。

家政婦と運転手付き〈千砂ちゃん〉はけふから〈お嬢様〉となるらし

札幌・宮の森は札幌オリンピックのジャンプ競技会場だった。

思春期の娘が頬を膨らませながら見上げてるジャンプ台

「いますぐに本社に戻れ」なんてかう唐突なのだ俺の兄貴は

＊

ロッキード疑獄真つ只中での挙式だつた。

記憶には残り記録に残らざる一人娘の華燭の宴

（どこまでが本当でどこからが嘘なんだ？）そら怖ろしき婿を迎へる

神秘より恐怖に近い心地する一人娘の腹撫でをれば

昭和五十六年、僕の兄が生まれた。

わが一人娘が産んだみどり児をしみじみ恐れつつ抱いてみる

四人兄弟の真ん中二人が立て続けに逝き、長兄・賢治と末弟・政邦だけが残った。

先づ三男、そして次男と次々と逝きて残つた長男と末弟《すゑ》

臨月も二度目であれば慣れたもの、とは思ひ得ず毎日見舞ふ

母が僕を身籠つてゐたとき、祖父は毎日のやうに母を見舞つてゐたらしい。

ふたり目も男子　いづれはこの子らが座るのだらう孤独な椅子に

昭和五十八年、僕が生まれた。

「海外で通じる名を」と頑なに言ひ張る婿が〈ダン〉と名付けたり

名付けたのは父らしい。

口にしてみれば案外呼びやすき名前と思ふ〈匠〉そして〈彈〉

昭和六十一年、小佐野賢治が他界。巨大化したグループを祖父が継いだ。

カリスマの去りたる国を受け継ぎてやうやく知りき　これが孤独、か

時代が平成に変はる頃、僕の両親は諍ひが多くなり、別居に至った。

二児の母となれども娘はとこしへに俺の娘だ　帰っておいで

婿は去りて娘は孫と帰り来てしあはせですか？　しあはせですよ

両親が離婚し、僕たち兄弟は、小佐野姓になつた。

受け継いだ国は日毎に膨らんでいまや二万の民がゐるなり

バブル経済。国際興業グループの最盛期。

目黒川

東京K病院

芽吹きまでまだまだ遠い目黒川沿ひに集へり　わかれのために

家族四人＋秘書まで従へて幸せだねと母は微笑む

新世紀最初の二月　小雪までちらつくなんて出来すぎでせう

父のなきわれら兄弟ふたりにはとことん重い死の床でした

マエストロMから届く死海へと祖父を導くシェエラザード

はるか西の乾いた土地で誰《た》がために奏でられしか　シェエラザード

高度専門医ではなく、気心の知れた同級生を主治医に選んだ。

ほんたうは死なずに済んだ筈なのに友を信じて逝きつつありぬ

特別室は埋まつてゐた。

突然の入院ゆゑに空きのなく狭き個室に折詰となる

乾酪のごとき白壁見つめつつなにを思ひてうつむく母か

うすれゆく意識のなかでつぶやけり「マイルドセブン、一本くれよ」

カーテンを開ければそこは目黒川　凍てつき切れぬ水がきらめく

かつて刃を握り迫りしてのひらで祖母は浮腫んだ四肢を摩りぬ

最期まで坐骨神経痛だよと信じたるまま鎮静に入る

最期まで僕の秘密は知らぬまま（それとも気づいてゐたの？）いまさら

凍雪ふらせたまへる雲上の者を怨めり　救ひたまへな

耳元で叫べばぴくりまたぴくり心拍数は実に雄弁

午前零時を超えてひと日を永らへてくれてありがたう　ひと日なれども

ありがたう、　ありがたうつて繰り返すばかりなりけり零時半過ぎ

呼吸器の管がすこんと呆気なく抜かれて呆気なく止まる息

御遺体となれば手首も縛られて早く焼きたし焼いてあげたし

重たくて長い肩書携へたハの字眉毛の弔問の列

粉雪となつて娘をこんなにも泣かせるなんて祖父ちやんひどい

斎場の隅に十年会はざりし顔見つけたり　たぶん父なり

母はいま母にはあらず　ひとり娘のチャコちやんとして泣き崩れをり

まるで父のごとき顔して手を握り「しつかりせよ」と言ひくる男

家族つてなんなのだらう　斎場の隅に異物として父がゐる

国際興業・帝国ホテル・日本バス協会合同葬

真四角になりたる祖父を幾千の黒いつむじが取り巻く真昼

二〇〇一年二月十八日午前零時三十分を忘れず

声もなく膝から崩れ落ちゆきし母の姿を永久《とは》に忘れず

三月、故郷勝沼にて納骨。

狂ほしいほどのピンクに染まりたる故郷の山の裾にしづもる

リーシュを外せ

青白の炎盛んに立つなかを廻りつづける銀河一族

母いはくブラックホールがあるらしい華燭の渦のまん真ん中に

こころまでリーシュ巻かれてつぶらなる瞳かなしきカフェのふくろふ

またひとり枯れてゆきたる一族の裔《すゑ》につらなり子をなさぬわれ

くるぶしの鎖ざりざり鳴らしつつ丸い緑のSUUMO見てゐる

ふくよかな頬にみやびをくすませて老いと気づかぬまま老いてゆく

これ以上さらす恥すらなくなつた孫は異邦で歌よみふける

「昔から中性的でやさしくて……」続きはまたね　おやすみなさい

忘却のために生き来し百年の時もやがては吸はれてゆかむ

白蟻を見つけた君が去ってゆく四角い家に僕をのこして

〈2DK・駅近・カップル向け〉といふ夢の名残が画面にゆれる

さびしさを感じる隙もないままにもうすぐ不惑　やつとさびしい

出逢ひから出逢ひへ糸よ渡りゆけ　そしてさつさと途絶えてしまへ

「恵まれてゐるから。お金持ちだから。しかたないよね」黙れ、うるせえ

薄甘き不幸自慢をくつくつと胸で煮詰めてゐるゆふまぐれ

許されるたびに汚れてゆく腕を三十九度のお湯で濯ぎぬ

（もし明日さびしかつたらどうしよう。こんなに全部持つてゐるのに）

本性はしんと冷たき脊髄の芯のあたりに秘めて微笑む

ときどきは電車にも乗るがたごとと揺すられてゐる心地が好きで

苦労などなかつたはずの人生のどこかにあつたらしい　小石が

眠れずにすぎればロールブラインド越しの月光すら目に痛い

楚々とした声降る丘の頂に諦められた少年が立つ

さう、たつた三十余年生きただけなのにこんなにたくさんの「if……」

とこしへに鳶《とんび》のままでいいやうな気分で渡る新二子橋

おまへらが上で俺らが下なんてこともあるのだ　川をはさめば

「そろそろ」と口に出したき秋の夜は薬袋をただ握りしむ

プラシーボ効果で死んでしまふには足りぬ用量〈頓服・二錠〉

「雪になるためのくすり」と諭されてなめたらただの塩だつただけ

一年を生き永らへるたび高くなりゆく白いハードルがある

期待から解き放たれてゐることを寿げ！　はやくリーシュを外せ

*

甘い火

真夜中のＬＩＮＥスタンプ「助けて！」とゆるキャラゆるゑにまあるい文字《もんじ》

相談

肯ってしまひたるのちはつとして野口あや子に電話をかける

翌日

英雄のやうな名前をもつ君に騙してもらふため会ひにゆく

うまい話なんかないつて　はつなつのウッドデッキに言へざりしこと

冷笑があまねく街にひろがつて無声映画のやうな夕方

アール・デコのランプかはゆきデッキにて数字七桁はじかれてゆく

精巧に動く右手のやはらかい箇所に思はず気づいてしまふ

青い血が流れてゐさう　無精髭撫でて落ち着かざるその指に

磔刑が似合ふくらゐにやつれたる頬が西日に灼かれてをりぬ

まごついてゐる間に袖はよれてゆき、また計算が合はなくなつた

言偏の横に点々打ちながらあなたが探すやさしいことば

セロファンをぴりぴり剥がす指先のかつて触れゐし粘膜思ふ

鈍色のジッポの甘い火を貸してあれよあれよで了はる契約

永遠《とは》に立つ言葉見つからざるままに昏れてシャチハタだらけの渋谷

だいぢやうぶ、　かならず返す。　切実な響きもろともたそがれる街

彗星

大ちゃん、とつぶやくほどに遠ざかる平和園まで二千キロ、なう。

あかねさすむらさきの海越えゆけば駅西銀座　君が鍋ふる

線引きのできぬ思ひを指先に滲ませたまま六年経てり

彗星のごと寂寥が襲ひ来て君の鋭いパンチを想ふ

紺碧の思想もたざるひとのため今夜はリンダリンダを叫ぶ

折々に恋しくなりぬふかぶかと油の染みたコックコートが

「好きなひとができました」って伝へたら　ゆびきりげんまん　友だちだよね

人ひとり消えたる午後のかなしみをただかなしみと打ちて送りき

会はぬ間に不惑となつた君はまだ僕の惑ひに気づいてゐない

いつか死を迎へる筈の、照葉樹だらけの、ひかりだらけの、日わず。

船旅

行き先のわからぬ舟にゆくりなくわれら乗り合はせてしまひたり

Google Earthもて眺むれば笹舟のごとくはかなき麗しの島

興奮剤抗不安剤からころと溶かせば歪む琉球硝子

あてのない船旅あてのなきままに一年経ちて君ゆらぎゆく

こんなはずちやなかつたなんて言はせたいわけぢやなかつた　仕方なかつた

立つこともままならぬほど揺れてゐるらしいあいつの船室だけが

甲板にならび見つめる　ひむがしへ流されてゆく一羽の蝶を

赤と金のフォルクローレ

白樺の匂ひをのせて流れ来る川のほとりに朽ちゆく赤旗《せっき》

少年の金にかがやく指の毛を護らむがため編まれしミトン

悩ましき赤に染まれるダウガヴァを悩ましき頬さらして渡れ！

はらからは互ひに涙拭ひつつ見上げたりけむ女神の像を

負の遺産ことごとく背負ひてなほ光る生誕大聖堂の丸屋根

さて、僕も（そしておまへも）罪人だ。嗚呼、燃やしたし金の丸屋根

永遠に終はらない冬「俺たちはさういふ国で生きて来たのさ」

門

（かつこいい去り際なんかあり得ない）海を隔てて恋終はりたり

台湾桃園国際空港

水蜜桃の園と呼ばるる空港で二度と会へないひとを見送る

長い恋だつたね。慰めくるるごと中山北路にそよぐ樟《くすのき》

ベンガラに塗り直されていまもなほなにかを護りたさうな北門《ベイメン》

城壁はもはや幻　虹色の旗のかたへに朽ちる西門《シーメン》

廊下うらめし

「女子は家庭科、男子は技術」と分かたれて土曜の朝の廊下うらめし

天ハ人ノ上ニ人ヲ造ラズ人ノ下ニ人ヲ造ラズト云ヘリ。サレバ天ヨリ人ヲ生ズルニハ――。

『学問のすゝめ』一巻すらすらと男女ひとしく暗誦しをり

「せんせい」は福澤先生唯一人なれば教師は「さん」付けでよし
慶應義塾中等部の慣習。

苦しみの記憶ばかりが蘇る夜は勇ましく「若き血」うたふ
幼稚舎から博士課程まで、二十七年の塾生生活だつた。

ずぶ濡れの枯葉ぐわしぐわし蹴り飛ばすわが恋人は中学教師

「せんせいは敵」と信じて来たはずの僕のとなりで眠るせんせい

恋人と語りあひたり　児を持たぬことと持てざることの差異等

気まぐれに君を迎へにゆくことのリスク評価の結果〈Negative（−）〉

「せんせい」とふひびき鋭くわが胸に放ちて児らが下校してゆく

絶対に越えてはならぬ白線の外から君の職場を見つむ

（せんせいつて男のひととつきあつてゐるんだつてさ）空耳、だよな？

破裂音立ててボールを打ち返す瞬間君は陸の王者だ

校庭に児らを見守るまなざしの熱を知りたし　知り得ぬゆゑに

ごめん、ただいま

帰るべき場所なれど未知なる故郷TOKYO２０２０ゆき飛び立てり

「友人が迎へに来ます」あたらしい嘘をかさねた舌乾きゆく

一年半会はざる君よまだ僕の恋人であることをかなしめ

上下左右五輪まみれの空港を統べるがごとく君は立ちをり

付き合って三年（ただしそのうちの半分が嘘）ごめん、ただいま

NIKE

ターコイズブルーまがまがしきシャツの胸で傾く上弦の月

ひとりでに三十路越えたる君の背に小《ち》さき翼の芽を見つけたり

一年半ぶんの日差しを黒々と額《ぬか》にうかべた君　燃えてゐる

金色の渦巻く家に吸はれゆく僕を拐へよ　助けてくれよ

ぢやあ、またと去りゆく君のしらたまの歯にしみとほる月になりたし

長歌「戦旗」

二〇一九年「台北詩歌節」に寄せて

玉山も富士の高嶺もおしなべて　あまりに高く遥けきに　ふとさびしさ
の襲ひ来て　慰めくるる熱もなく　愛を！　愛を！　と嘆く夜は　おま
へのぬるき肉よりも　おまへの薄き肌よりも　女体のごとき硬さもて
男体のごとき脆さもて　かつてぐるりとこの街を　（そして、おまへを）
囲みゐし　紅殻《ベンガラ》色の城壁を　打ちこはしたる隊列の　先陣・本陣・後陣
に　はためきたりし鮮やかな　戦旗を思へ　虹の戦旗を

椰子の葉が（そして、わたしが）揺れてゐる紅殻色の北門の傍

あとがき

新人賞を受賞してから、四年あまりが経った。第一歌集を世に問うてからは三年半になる。短い時間のうちにこうして二冊目の歌集を刊行できるとは、自分はなんと果報者なのだろう、としみじみ思う。

「小佐野さんは、恵まれている」

この四年のあいだ、多くのひとから言われた。たしかに、僕はとても恵まれている。それはなにもデビュー後に限ったことではなく、生まれてから三十八歳のいまにいたるまで、ずっと恵まれてきたのだと思う。

「彈は、運がいい」

「うらやましいよ」

幼いころからずっと言われつづけてきたことばが、今日も頭蓋のなかをまわっている。

経済的にとても豊かな家にうまれた。良い学校に行かせてもらって、すばらしい教育を受ける機会にも恵まれた。複雑で、きわめてややこしい僕のパーソナリティも、家族や友人の多くが受け容れてくれている。得がたい経験も、たくさんさせてもらった。

とりわけデビュー後は、多くのありがたい縁に恵まれた。林真理子さんと出会わなければ、僕は小説という広野に足を踏み入れることはなかっただろう。発売されたばかりの『チョコレート革命』に衝撃を受け、おそるおそる三十一音の韻文をつづりはじめた十四歳のころ、まさかあこがれの俵万智さんと共編著を出すような日が来るなんて、想像すらできなかった。

そう、僕はほんとうに、恵まれている。

でも、なぜだろう。

これほど恵みの雨を一身に浴びてきたというのに、僕の心のなかの、とある一箇所だけが、ずっと潤うことなく、からからのまま残っている。

恵みの雨を浴びながら三十八年生きてなお、決して潤うことのない、灰色のちいさな点。そのちいさな点から、この歌集に収めた歌たちがうまれたのかもしれない、と思う。

心のなかに、からからに乾いた灰色のちいさな点があるかぎり、僕はうたいつづける。恵みの雨に溺れ、心が完全に潤ってしまったら、僕はたちまちうたえなくなるだろう。

＊

この歌集には、「短歌研究」二〇一九年七月号から二〇二一年九月号まで続いた作品連載「銀河一族」シリーズ二四〇首を中心に、二〇一八年から二〇二一年までのおよそ三年半のあいだに生まれた歌たちを選び、収めました。

作品連載の機会をくださった「短歌研究」編集長の國兼秀二さんに、心より御礼申し上げます。また、短歌研究社の水野佐八香さんは、構成から装幀に至るまで、根気強く支えてくださいました。ありがとうございます。

装幀を引き受けて下さった鈴木成一さんならびに宮本亜由美さんとのご縁もまた、僕にとってとても特別なものです。

そして、二十年以上あこがれつづけている俵万智さんから帯文をいただきました。夢のようです。

僕はやっぱり、恵まれているのだと実感します。

第一歌集が出てからの三年半で、世の中も僕の生活も、大きく変わりました。変化の大波に呑まれ、溺れそうになっていた僕を支えてくれたすべての方々に、心からの感謝の念を捧げます。

令和三年十月

小佐野 彈

カバー作品　Jason Martin "Sloe 2013"
Nickel, 42×32×7cm, 16 1/2×12 5/8×2 3/4 ins (MART130022)
© Jason Martin; Courtesy Lisson Gallery.
Photography by Dave Morgan.

ブックデザイン　鈴木成一デザイン室

小佐野彈

おさの・だん

一九八三年、世田谷区生まれ。

一九九七年、慶應義塾中等部在学中に作歌を始める。

二〇〇七年、慶應義塾大学経済学部卒業。

大学院進学後に台湾にて起業。

二〇一七年、「無垢な日本で」で第六十回短歌研究新人賞受賞。

二〇一八年、第一歌集『メタリック』刊行。

二〇一九年、第十二回「(池田晶子記念) わたくし、つまりNobody賞」、第六十三回現代歌人協会賞受賞。小説『車軸』(集英社) 刊行。

二〇二一年、小説『僕は失くした恋しか歌えない』(新潮社) 刊行。

台湾台北市在住。歌人集団「かばん」所属。

令和三年十一月三〇日　第一刷印刷発行

歌集　銀《ぎん》河《が》一《いち》族《ぞく》

著者　小佐野《おさの》彈《だん》
発行者　國兼秀二
発行所　短歌研究社
郵便番号一一二－〇〇一三
東京都文京区音羽一－一七－一四　音羽YKビル
電話〇三－三九四四－四八二二・四八三三
振替〇〇一九〇－九－二四三七五番
印刷・製本　大日本印刷株式会社

検印省略
落丁本・乱丁本はお取替えいたします。

定価はカバーに表示してあります。
ISBN978-4-86272-693-3 C0092